AF607034

Cuadernos del Acantilado, 130

PRÓFUGOS

EDGARDO COZARINSKY

PRÓFUGOS

BARCELONA 2025 ACANTILADO

Publicado por
ACANTILADO
Quaderns Crema, S. A.

Muntaner, 462 - 08006 Barcelona
Tel. 934 144 906
correo@acantilado.es
www.acantilado.es

En la cubierta, *Finisterre* (1926), de Rhona Haszard

ISBN: 978-84-19958-61-7
DEPÓSITO LEGAL: B. 14 108-2025

AIGUADEVIDRE *Gráfica*
QUADERNS CREMA *Composición*
ROMANYÀ-VALLS *Impresión y encuadernación*

PRIMERA EDICIÓN *septiembre de 2025*

I

Hay noches en que el mar se vuelve fosforescente.

Esa luminosidad, ardiendo días u horas, fue durante siglos leyenda de los marinos que surcaban el océano Índico. Dejó huella en crónicas y diarios de viaje, lecturas deslumbradas del joven Julio Verne, mucho antes de que imaginara el *Nautilus* y sus veinte mil leguas de viaje submarino.

«La escena tenía una grandeza terrible. El mar convertido en luz. El cielo nocturno, apagadas las estrellas, en oscuridad impenetrable. La naturaleza parecía anunciar que se preparaba para la gran conflagración final, la aniquilación del mundo material».

Y es cierto. Visión o presagio, en el océano Índico, pero también entre los acantilados y promontorios de la Costa de la Muerte de Galicia, y aun al sur de Portugal, y de este lado del Atlántico en las costas de Puerto Rico, algunas noches el mar parece encenderse.

No son llamas, es más bien una luminosidad azulada, un palpitar llegado de la profundidad que recorre inquieto la superficie, acompañando la respiración del oleaje. Es necesario que ninguna claridad rompa el negro del cielo: «En las noches de luna llena el mar no arde», decían los pescadores. Siglos antes de que hubiese sondas, ya confiaban en esa luz para detectar los bancos de peces; les permitía también ver los cuerpos de náufragos que ninguna marea subió a la superficie, enredados en algas, presos del ramaje de una vegetación desconocida.

Los intrépidos, los ociosos, los soñadores que parten sin brújula ni calendario en busca del mar fosforescente aceptan que pueden dejarse la vida sin haberlo encontrado. En algún momento de su adolescencia leyeron que el *Nautilus* navegó como en un sueño sobre aguas que el capitán Nemo creyó habitadas por innumerables criaturas marinas luminosas. Poco les importa que investigadores de un siglo posterior hayan identificado la fuente de esa luz en una bacteria que anida en las algas del plancton. La ciencia nunca ha podido desbancar a la leyenda.

El hombre que desde el puerto de San Antonio Oeste contempla las aguas negras, bordes de espuma apenas visibles bajo una luna mezquina, no puede distinguir en la distancia horizonte alguno. En su adolescencia leyó del mar ardiente, pero sin duda ya ha entendido que nunca lo verá y que tampoco respirará en el viento cálido de esas lejanías. Esta noche emprenderá una travesía por tierra, dará la espalda a ese océano del que se despide como de un camino no tomado cuando llega la hora de admitir que es demasiado tarde para poder, algún día, abordarlo. Poco antes de medianoche subirá a un ómnibus que recorre la llamada «línea sur» en Río Negro. Tiene mucho frío.

Una hora antes, en un restaurante en el extremo de las vías de ferrocarril abandonadas que alguna vez condujeron al puerto, comió unos pulpos diminutos. El dueño, servicial, feliz de tener un forastero con quien conversar, explicó que se trataba de una variedad de pulpo muy apreciada propia de la zona, que ni crece ni migra hacia otras latitudes. Enumeró ufano los países adonde los exportaban y no dejó de añadir, en un alarde de superioridad provinciana, que en la capital no eran fáciles de encontrar. El ruido sordo del oleaje llegaba hasta la mesa.

Al salir buscó en la oscuridad el camino hacia

la terminal de ómnibus. La descarga regular del oleaje invisible lo siguió, golpes que se iban perdiendo en el viento helado, como el olor a herrumbre de barcos encallados, residuos de un pasado sin fecha. Siete horas más tarde, llegaría a Ingeniero Jacobacci ya de día, si es que clareaba temprano, pensó.

No durmió durante el viaje, tal vez sólo sucumbió a un sopor que emborronaba las horas pasadas. Se sobresaltó cuando el ómnibus se detuvo en Los Menucos, donde varias personas se apearon y sólo dos subieron, y por la ventanilla vio rostros que no eran de pasajeros: escrutaban con ojos ávidos pero vacíos el interior del vehículo; tal vez buscaran solamente quebrar la monotonía cotidiana con un atisbo fugaz de gente de paso, gente que venía de otro lado, gente que seguiría hacia otro lado. Cuando el ómnibus retomó su camino, vio que la población se deshacía en unas pocas casas sin luz; en las afueras, lo sorprendieron unas parpadeantes letras de neón azul que anunciaban un pub-videoclub.

El traqueteo del ómnibus le impedía dormir. Cada cierto tiempo abría los ojos. Una débil luna le descubría el paisaje árido, sembrado de matas secas, crespas, aisladas. En algún momento distinguió a lo lejos una luz que cruzaba el horizonte, desaparecía, reaparecía más cercana, fuego veloz, apariciones fugaces. Una luz mala, pensó, almas en pena de muertos que no encuentran reposo y vuelven a inquietar los lugares donde traicionaron a quien los amó o abandonaron a sus hijos. Sabía, sin embargo, que no era esa fosforescencia marina que nunca vería, que en esta tierra árida emana de osamentas enterradas a poca profundidad, limpiadas por caranchos atentos al final de una batalla.

Desconfiaba de que se tratase sólo de ganado, había visto cementerios de tierra iluminarse en medio de la noche. De adolescente, más de una vez había esperado que sus padres durmieran para escapar de la casa familiar hacia la avenida vecina a un descampado aún no protegido por un paredón de ladrillos, sección nueva del cementerio de la Chacarita, fosas comunes, para contemplar sobre la tierra removida los fogonazos intermitentes de una luz más blanca que la de cualquier lámpara, luminosidad de huesos ya despojados de todo resto de músculos, de nervios. Años más tarde, ya adulto, entendería que los difuntos no abandonan, esperan pacientes a los que aún están vivos y demoran en llegar a hacerles compañía. Esa luz anuncia su vigilia, señal que indica el camino que seguir.

Ya antes de atreverse a esas incursiones en territorio vedado, esperaba todas las noches el momento de saber dormidos a sus padres para subir a la azotea del edificio y quedarse allí una hora o dos, hasta que el sueño empezara a pesarle en los párpados. ¿Qué edad tenía? No más de diez años, piensa. Tiempos en que la adolescencia temprana vivía de disimulos, fingía observar obediencia, guardaba silencio ante consejos y reproches de unos padres ciegos a la indiferencia, a la sorna encubierta de los hijos. El adulto desvelado sabe que todo chico hoy se ha apropiado de la calle, que la autoridad de los mayores ha caducado.

En los años del siglo pasado que fueron los de su infancia, esa módica escapada de la vigilancia familiar era una promesa de aventura. Buscaba un punto de vista más amplio, ajeno al que podían depararle las persianas entornadas del departamento, visiones recortadas de una calle de noche. Desde las alturas se abría ante su curiosidad la ciudad entera, o lo que le parecía tal. Vehículos de paso, algún transeúnte esquivo, alguna violencia prometida por las matinés de los cines del barrio, promesas de ficción que él no sabía mentira.

No tiene hijos y ha perdido hace mucho una infancia en la que no supo rebelarse. Lo sabe el adulto que busca dormir, teme soñar.

La noche anterior, en Buenos Aires, le habían robado el teléfono celular. Como una ráfaga de viento, un chico pasó a su lado y, con un movimiento súbito, preciso, tomó el celular, salió del bar sin detenerse y, al cruzar la calle, lo atropelló uno de los camiones que a medianoche recogen residuos urbanos.

No reaccionó inmediatamente. La sorpresa lo dejó atónito un instante; luego, de un salto, abandonó la mesa del bar, corrió tras el chico. Alcanzó a ver un camión que se alejaba sin detenerse y, en medio de la calzada, el cuerpo inerte. Se acercó. Un brazo yacía a corta distancia del hombro, una rueda del camión lo había aplastado, la sangre fluía serena, el chico ya estaba muerto. Al lado de la mano abierta estaba el celular. Se inclinó para recogerlo. La pantalla estaba iluminada, el golpe debía haberla activado. Probó a abrir la lista de contactos. Apareció inmediatamente. Aliviado, se alejó con el celular en la mano, sin una segunda mirada hacia el despojo que yacía en la calzada.

Y ahora, con la cabeza apoyada en un respaldo duro, ojos cerrados que no lograban atraer el sueño ni exorcizar sus amenazas, el episodio de la noche anterior parecía ajeno. No podía asegurar que hubiese sido él quien lo había vivido, eran más bien imágenes de alguna película entrevista en la televisión una madrugada de insomnio. A menudo le ocurría separarse de una situación vivida, ponerla a una distancia no buscada, llegar a verse con la mirada de algún testigo anónimo. El hombre que en el bar había estado colocando las sillas patas arriba sobre las mesas, por ejemplo.

Ese hombre exageraba el ruido para advertirle al cliente demorado que era hora de partir, última ave nocturna que no parecía entender el anuncio ni percibir el mensaje de luces que se apagaban gradualmente. Hacía dos horas que se lo veía concentrado en el fondo vacío de un vaso de whisky, consultar cada tanto la pantalla de su teléfono celular, marcar un número y, al parecer, no obtener respuesta. ¿Quién esperaba que lo atendiera?

No era uno de los noctámbulos habituales del bar. Había apreciado de inmediato que ese desconocido no hubiese empleado la palabra *mozo* para llamarlo; a él, con más de sesenta años y cuarenta de servicio, le parecía inadecuada, peor aún: irónica. Para llamar su atención, este hombre de expresión hosca lo había mirado y, con voz fuerte pero no autoritaria, le había dicho: «amigo», y luego: «por favor»…

A lo largo de los años, había conocido a muchos solitarios, pero la mayoría eran locuaces, siempre dispuestos a compartir con cualquiera el relato de su desdicha, el consuelo filosófico, una intimidad que sin duda callaban ante los inadecuadamente llamados íntimos. Todos, además, eran personas mayores (pensó el eufemismo sin sonreír). ¿Qué edad tendría este hombre? Cuarenta, a lo sumo cuarenta y cinco años… Había pedido un buen whisky, se lo había bebido lentamente y se había quedado como esperando algo que no llegaba, quizá simplemente postergando el momento de volver a su casa. El paso del chico lo había arrancado a su ensimismamiento.

El hombre que había esperado paciente su

partida lo vio salir corriendo detrás del adolescente y lo perdió de vista. No le despertó curiosidad saber cómo continuaba la anécdota.

Esa misma noche el hombre que se alejaba teléfono celular en mano había visto levantarse viento en la calle, uno de esos breves vendavales de madrugada que en verano alivian el bochorno de un día caluroso y en invierno cortan, filosos, la cara del transeúnte demorado. En el aire flotaban papeles, diarios del día anterior, secuestros, sobornos, promesas electorales, niños violados por los padres, mujeres quemadas vivas por sus amantes, desechos caídos del camión recolector o escapados a los tachos de basura. Buenos Aires dormía indiferente.

Atrapó al vuelo una hoja impresa y limpió la salpicadura de sangre que empezaba a secarse sobre la pantalla del teléfono. En invierno no empezaría a clarear hasta dentro de unas horas. El día lo esperaba con nuevos peligros. Se detuvo un instante y respiró hondo, con fruición. Le llegó un olor acre y dulzón, a podredumbre de frutas y verduras, pensó, antes de reconocer su origen: un hombre acurrucado ante una puerta, dormido, la ropa adherida al cuerpo por el sudor y la orina. Una víctima predestinada, pensó. Días atrás un hombre que dormía en la calle había sido rociado con nafta y quemado por un grupo de muchachos que salían de una fiesta.

En ese momento se dio cuenta de que no sabía adónde ir. Siguió un impulso postergado, se dijo que ya era hora de obedecerlo, y se dirigió a la terminal de Retiro para tomar un ómnibus que lo llevase a Viedma, y de allí otro a San Antonio Oeste, si es que no había uno directo que le ahorrase el trasbordo. Llegaría la tarde del día que empezaba, cansado, sin equipaje, con el dinero cosido al forro de la chaqueta demasiado liviana para la estación, pero no podía volver a su casa a buscar otra.

Con los ojos cerrados, la cabeza apoyada contra la ventanilla, piensa en cómo lo imaginaba la mujer que, aunque no dormía, no quiso atender sus llamados. Estaba seguro de que sabía quién llamaba, el hombre que todavía podía oler en la almohada sobre la que ella daba vueltas, insomne, la cabeza. No le habían molestado sus visitas erráticas, intempestivas, limitadas a un acoplamiento rápido, a unos gestos sucintos de ternura; era el silencio lo que la hundía en una insatisfacción persistente.

No siempre había sido así. Al principio ella aceptó que no debía hacer preguntas, algo le decía que ninguna esposa descuidada inquietaba el presente de ese hombre; eso lo intuía, y si de algo se jactaba era de su instinto: hombres sucesivos, mentiras y promesas, lo habían afinado. Pero algunas noches el sueño lo venció a su lado, y ella le oyó murmurar frases cuyo sentido se le escapaba, unidas por el miedo, por la necesidad de eludir un acecho; si al despertar se atrevía a preguntar, él reaccionaba con malhumor y varios días de ausencia. Una mañana, no recordaba cuándo, él decidió, si es que se trataba de una decisión, pues acaso sólo fuera un recurso del miedo, no volverla a ver.

En el amanecer de ese día, en el entresueño compartido, esa mujer le había confiado un relato de su infancia. Mientras la escuchaba sintió crecer en él una aprensión difusa, desconocida, que acabó por convertirse en miedo. Sintió que tenía a su lado una criatura con poderes. Él no había compartido con nadie sus escapadas infantiles, ni las vigilias atisbando una luz fantasmal frente al descampado aún abierto detrás del cementerio, ni las noches agazapado en la azotea escudriñando la calle, esperando alguna revelación de lo prohibido, y finalmente derrotado para volver cauto a la prisión familiar. Esa mujer le estaba diciendo que en su infancia había sido testigo de esa espera.

Al lado del edificio bajo donde vivía se había levantado una de las primeras torres de la ciudad, de unos treinta pisos, años antes de que obstruyeran el horizonte urbano. El chico nunca había prestado atención a las ventanas iluminadas que desde lo alto perforaban la oscuridad. Ahora esta mujer le estaba contando, susurro casi ahogado por la almohada, que en una de esas muchas ventanas sin luz, una niña de la misma edad del chico montaba guardia, también ella había vigilado a sus padres hasta saberlos dormidos antes de ir descalza hasta la ventana y esperar la aparición, mucho más abajo, de un chico inmóvil, en cuclillas, absorto en el espectáculo de un escenario sin sorpresa. Ella, a la espera de poder descubrir el rostro del intruso de la noche. Tal vez la luna, asomándose detrás de nubes fugaces, lo iluminase en el brevísimo momento de incorporarse para bajar a su celda familiar. Entonces ella volvería a la suya. Pero ese momento nunca llegó.

Tuvo miedo. ¿Ella había penetrado en ese pasado que él buscaba desterrar? Se preguntó si realmente había oído esas palabras o si eran parte de un sueño que no acababa de desvanecerse. En todo caso, a partir de esa noche supo que debía alejarse de esa mujer. Y ahora, muchas noches más tarde, buscaba comunicarse con ella, preguntarle si era cierto lo que había oído, comprobar si tan temprano en su vida ya había sido observado, si alguien había guardado un rastro de su conducta.

Una frenada súbita, un cambio de velocidad lo despertaron, si es que estaba dormido. Como tantas otras veces, sólo necesitaba cerrar los ojos para que la culpa o el rencor empezasen a proyectar en el interior de los párpados su propia imagen tal como otros lo veían, como él suponía, temía o deseaba que lo vieran. ¿De dónde venía esa oscura compulsión?

En la estación ni bajaron ni subieron pasajeros, un empleado entregó al conductor un sobre y recibió otro, el ómnibus no demoró su partida, muy pronto dejó atrás la poca luz que le había permitido leer en un cartel las letras despintadas que componían el nombre de Maquinchao. Ninguna ventana iluminada interrumpió la oscuridad, la noche se había cerrado.

Había empezado a nevar, la tierra devolvía la luz de la luna, un resplandor metálico, espectral. Ahora el ruido del motor se imponía con nitidez, cada vez más presente, en medio de un silencioso desierto blanco que por contraste parecía denunciar que un vehículo intruso se atrevía a desafiarlo. Tuvo una visión. A su paso despertaban rebaños fantasmales, callados. Habían invernado en esos parajes cuando los cruzaban tribus nómades y sólo una toldería temporaria se animaba a asentarse en tierra inhóspita. Esa llanura aún no tenía nombre, no le habían plantado mástil y bandera, no la rasgaban alambrados.

En Ingeniero Jacobacci lo recibió un viento helado. La estación, menos precaria que las anteriores, reunía un entrecruzamiento de vías que declaraban su condición pretérita, eje central de líneas ferroviarias, unas pocas todavía en servicio; reconoció, entre otras, las de trocha angosta que habían unido el pueblo con Esquel. Un empleado apenas despierto, el único de servicio, le señaló a unos cien metros una ventana poco iluminada sobre la cual estaba pintado «despacho de bebidas»; allí, dijo, podría desayunar. Con la cabeza baja para eludir las ráfagas se dirigió hacia esa promesa de abrigo. Al entrar lo asaltó el olor de la leche recalentada, imaginó capas de nata amarillenta, se resignó a pedir un café, a esperar que el horno entregase las primeras medialunas del día.

2

—Cada vez duermo menos. Y no sueño. Una bendición.

La voz era clara, la mirada firme. Las arrugas grabadas en la piel seca, la barba rala, descuidada, lejos de avejentar el rostro, acentuaban un carácter fuerte anunciado por la voz y la mirada.

El visitante lo estudiaba. Reconocía al hombre visto por última vez más de veinte años atrás; inevitablemente, como suele ocurrir en una confrontación tardía, se preguntó cómo lo habrían cambiado a él los años.

Sabía que el viejo había adoptado un nombre que no era el que le había conocido, y a ese nombre nuevo él enviaba algún dinero cuando los vaivenes de sus finanzas lo permitían. Ahora, después de media hora caminando contra el viento en un rincón virgen de la Patagonia, había llegado al borde de la urbanización, con el desierto visible detrás de las últimas casas, y descubría dónde se había refugiado el viejo: paredes de cemento, pocos muebles rescatados de algún éxodo local, una estufa carraspeante con la que combatía el frío en la habitación donde tomaban mate. De vez en cuando, interrumpían el silencio con frases que no decían lo que hubiesen querido saber el uno del otro.

—Podés pasar a Chile, no es difícil desde Bariloche, si lo que buscás es borrarte…

¿Por qué suponía el viejo que estaba huyendo? ¿De qué imaginaba que huía? Él no había pensado en huir, y menos aún a otro país. Había llegado para estar junto a su padre, al único que consideraba padre, del que rehusaba renegar, como intentaban persuadirlo. Era un impulso que no entendía, pero cuya fuerza necesitaba acatar. No se lo decía, no tenía ganas de contar los meses de acoso, la exigencia de cumplir con un requisito legal, ese análisis de sangre que podría demostrar, le decían, que era hijo de una pareja sacrificada a ideales que le eran ajenos, que había empuñado armas para luchar por esos ideales y había caído víctima de la represión que acabó con esa lucha. No temía pronunciar las palabras que podían confirmarlo como un réprobo, uno de los malditos. Al mismo tiempo intuía que esa condición era el lazo filial más fuerte que lo unía al viejo, su padre no biológico, el que lo había criado y le había enseñado a abrirse paso en una vida que muy temprano sintió ajena y que los años confirmaron hostil.

Durante el viaje, algunas imágenes, retazos de memoria, habían pasado fugaces detrás de sus párpados cerrados. Ese padre le había quitado de las manos el rastrillo que empuñaba como si fuese una espada: podía lastimar a los compañeros de juego. Lo había arrojado lejos, y el adulto que recuerda se pregunta si no le había preocupado que cayera en medio del pasto con los dientes de metal hacia arriba, ve la amenaza de tropiezo para algún niño que corriese y cayese sobre él, ve un ojo ensartado en el inocente instrumento de jardinería. Ese padre lo había llevado de chico a conocer el Tigre, a navegar sin mapa por un laberinto de riachos, follajes espesos que bajaban a mojarse en el agua inquieta, un entrevero de cascotes, lianas, ratas de agua y alguna serpiente atrapada sin salida, que venía flotando, descendiendo de quién sabe qué otra corriente al que llamaban, le explicó el padre, camalote. También le había enseñado a flotar, y luego a nadar, en la pileta de un club al que, de un día para otro, sin explicación, no había querido volver, años antes de que se fuera, sin dejar paradero, dejándolo a cargo, un cuarto sin ventana en una casa decrépita, de abuelos silenciosos, huraños, desconfiados de lo que ese huérfano sin madre podía haber heredado del prófugo. Podría contaminarles la pobreza resignada de Villa Martelli.

Algo de todo eso debía intuir el viejo. Respetaba el silencio del que había sido su hijo, el bebé del que se había apropiado, según la palabra que con los años se cargó de sentido delictivo, lejos del gesto que en su momento le había parecido lógico, aun natural. También entendía que ese territorio, encubierto durante décadas, más valía dejarlo tácito en este reencuentro que podía ser el último.

—No te vas a quedar con mate y galleta, tengo unos trozos de carne y en el fondo hay un asador.

Acompañó al viejo, lo vio diestro para armar un fuego protegido del viento por una mampara de chapa. El aire helado, filoso, anunciaba una nevada próxima. Permanecieron junto a ese calor que no alcanzaba a desterrar el frío, extendiendo cada cierto tiempo las manos hacia la parrilla, esquivando las chispas que subían en el aire.

Muchos años más tarde, volvió a uno de los asados de domingo en una quinta de Lomas de

Zamora, él al lado del viejo que aún no lo era, observando cómo les tomaba el tiempo a las achuras y a los distintos cortes para que estuvieran a punto en el momento de empezar por el choripán y la morcilla, antes de pasar a la tira, a la entraña, al vacío, a veces también a unas mollejas. Era otro olor entonces, la promesa de una serie de sabores; años más tarde, buscaría el sabor de aquellos asados y nunca lo encontraría. Ahora, ante esos trozos de carne seca que acaso no llegara a tiernizar un fuego lento, la presencia a su lado del viejo le devolvió no sólo aquella ceremonia dominical, su parsimonia indolente, sino también una edad clausurada que los años habían vuelto casi ajena, la de ese chico en quien le costaba reconocer su propio pasado.

Era mediodía, pero en el cielo sólo había una luminosidad turbia, sin sol. El viejo le dio unas mantas y le preparó un catre en un cuarto donde se acumulaban herramientas, leña y lo que parecían ser partes de un motor desarmado. Mañana limpio todo esto, prometió, llevo todo a la cocina; la pieza va a quedar decente, pobre pero decente, añadió con una sonrisa, la primera que él le veía desde su llegada.

El cansancio del viaje nocturno lo venció; lo

que empezó como siesta, duró pesada, sin sueños, hasta que al despertar descubrió en lo alto innumerables estrellas nunca vistas en el cielo nocturno de Buenos Aires, siempre ensuciado por la electricidad. La noche de invierno, temprana, no le pareció más fría que el día. Se quedó estudiando ese cielo desconocido, puntos luminosos fijos en un firmamento negro; al rato de clavarles la mirada, parecían palpitar levemente. Se preguntó cuántos de ellos corresponderían a estrellas muertas que sólo la ecuación entre distancia y velocidad de la luz permitía llegar hasta él.

Una sombra venía acercándose por la calle de tierra, única presencia viva en ese suburbio oscuro. Sostenía con cuidado una olla cubierta por un repasador.

—Su padre tiene para rato en el garaje. Me dijo que había visitas, así que le traigo algo que él no sabe preparar.

La mujer entró en la casa sin que él la precediera y se dirigió sin vacilar al cobertizo que hacía las veces de cocina, paredes ennegrecidas por años de humo de fogón. La siguió con la mirada:

tendría unos cuarenta años, pechos generosos, muslos que acompañaban un andar cadencioso; observando sus gestos seguros, su familiaridad con el espacio, se preguntó si esa mujer todavía deseable se limitaba a cocinar para el viejo o si también le satisfacía algún capricho.

—Le caliento la carbonada. Coma antes de que se enfríe—aconsejó—, su padre dijo que no lo espere. —Hizo un gesto hacia un rincón a sus espaldas—: Ahí encontrará vino, en uno de esos cajones hay botellas.

Comió solo. La mujer no quiso demorarse.

Horas más tarde, envuelto en una de las mantas que el viejo le había prestado, se fumó un cigarrillo en el estrecho espacio de yuyos y pasto ralo, en otro momento del año acaso un modesto jardín, que separaba la casa de la calle. Empezó a preguntarse qué futuro, aun inmediato, podía esperar del impulso que lo había llevado a ese rincón de la Patagonia, en qué podía convertirse el parco rencuentro con el viejo. El afecto latía púdico bajo el silencio, pero el tiempo, la ausencia, las amenazas de una sociedad que se quiere de puros y justos habían hecho de ellos individuos que difícilmente podían retomar la relación interrumpida.

¿Cómo lo veía el viejo? ¿Desconfiaba acaso de su lucidez? El consejo de pasar a Chile daba a entender que lo suponía huyendo. ¿Entendía lo irracional de su miedo? Menos el de cargar con una novela familiar que no le interesaba que el de enfrentar a esa congregación de ancianas empolvadas que lo amenazaban con un análisis de sangre... Y ahora, estas horas tardías del viejo en un garaje donde, le había contado, de vez en cuando le confiaban alguna changa, tal vez sólo postergaran el regreso a casa, el intercambio de unas palabras forzadas; sin duda había preferido quedarse comiendo y bebiendo, compartiendo una locuacidad espontánea con los amigos que aliviaban la desolación del lugar... Se sintió excluido, no sólo de una reunión con desconocidos que de pronto se le antojaba deseable. El viejo podía haberlo invitado, no dejarlo solo en su primera noche, este recién llegado es mi hijo, o no, mejor evitar toda mención al lazo filial impugnado, presentarlo prudentemente como un amigo, o no presentarlo, bastaba con está pasando unos días aquí, sin esas explicaciones que todo lo complican.

No tenía equipaje. Y el dinero que llevaba consigo no permitía la aventura chilena. La luz titilante de las estrellas no bastaba para distinguir a lo lejos las montañas detrás de las cuales acaso lo esperase, ilusorio, un nuevo comienzo, un mismo idioma, ¿otra historia? Más le hubiese valido mantenerse lejos de este desierto helado, del encuentro con un viejo que ya no podía ser el padre recordado.

En medio del desamparo estuvo a punto de reírse. Su vida había estado sembrada de equivocaciones. Como un presagio, en su infancia había leído la historia del chico que juega en la playa, descubre una moneda y la desecha por su poco valor. Al caer el sol ve surgir del mar una ciudad fantasmagórica. Se anima a acercarse, a entrar en ella. A su paso asoman personajes que parecen salidos de algún cuento oriental, y que le ofrecen oro y piedras preciosas por un centavo. Le dicen que la ciudad fue castigada por la codicia de su gente, fue hundida en el mar para resurgir una noche cada cien años y vender sus riquezas por un centavo. El chico entiende que ya no puede volver atrás ni encontrar la moneda abandonada en la arena. Y que dentro de cien años él ya no estará allí.

No sabía adonde ir. Tal vez frente al mar, en San Antonio Oeste, donde el viento frío llegaba cargado de sal, pudiese empezar algo, acaso esa escurridiza nueva vida. Entendió que una vez más se había equivocado. Lo único que buscaba estaba fuera de su alcance: su propia despreocupada, desprolija adolescencia.

Tuvo que esperar hasta después de medianoche el ómnibus que hacía el trayecto opuesto al que había recorrido la víspera. Durante esas horas de oscuridad y frío, viento ronco sobre un techo de chapa, contra el vidrio que amenazaba desprenderse de las ventanas, fueron subiendo a la superficie retazos de aquella adolescencia, episodios sumergidos en profundidades no visitadas durante años, imágenes emborronadas, enmohecidas.

Tenía diecisiete años cuando buscó algo distinto de una vida familiar que hacía tiempo que le quedaba chica. Lo halló sin dejar el barrio, en los cursos gratuitos de un centro cultural mal visto por aquel que aún no vacilaba en llamar su padre. «Nido de zurdos, ojalá no sea de putos». Hoy se pregunta si no surgió allí la costumbre de verse con una mirada ajena, la del público imaginado de su conducta.

Había seguido sin mucha asiduidad las clases de un viejo actor que había conocido momentos ya lejanos de notoriedad. En esta existencia casi póstuma, recuperaba algo de sus días felices en contacto con jóvenes que lo escuchaban entre la curiosidad y el desgano. De esos monólogos, anécdotas a menudo reiteradas, observaciones nostálgicas sobre el oficio, ahora rescata palabras que, por alguna razón que sólo más tarde comprende, vuelven con inesperada claridad. Hablaba de un limbo en que el actor se desprende de la ropa con que llegó al teatro y aún no se viste con la que usará en el escenario. Un tiempo vacante entre un antes y un después. A veces se cubría con una bata, otras permanecía en ropa interior; contaba que algunos actores tienen reservadas algunas prendas para ese interludio. Lo que importa es que van desechando, todos, su vida cotidiana y esperan el momento de entrar, gradualmente, en el personaje que los aguarda. Los comentarios que el actor intercambie con colegas o con el director de la obra pueden estar ligados a la vida exterior al teatro, pero llega el momento, siempre, en que oye en las palabras que pronuncia, aun en el tono de su voz, al personaje que lo aguarda, amable o malhumorado, y esas palabras no se corresponden con el estado de ánimo con que llegó al teatro.

En el espejo, explicaba el viejo, el actor se encuentra con un rostro que debe maquillar para que sus facciones, aun sin modificarlas, queden subrayadas. Es necesario para superar el desafío de las luces brutales que bañan el escenario, para que pueda verlas con precisión el espectador más alejado. No es un disfraz, sino más bien una máscara que replica su rostro marcando sus rasgos, que debe eliminar las contingencias del insomnio o el alcohol.

A veces, recordaba el viejo, se quedaba dormido durante esa espera. No era un sueño profundo, pero sí algo más que la somnolencia propiciada por el encierro. En ese sueño iba desechando los residuos de su vida reciente, pero no anticipaba la ficción por representar; iba, en cambio, sumergiéndose en su vida anterior, años lejanos, tiempo perdido que visitaba como espectador, sin poder actuar en él aunque lo deseara. Esa visita podía ser un momento de sosiego, pero también una angustia recobrada. Para eludirla, recurría a menudo a un libro, no necesariamente una novela. Intentaba que el pensamiento siguiera los renglones impresos, que éstos lo guiaran, lo protegieran de recuerdos y temores, de ese pasado que nunca termina de pasar y del presente que lo estaba esperando, al acecho a las puertas del teatro. En el escenario, en cambio, recobraba vidas no vividas. Porque un ser humano, decía, es la parte visible de un iceberg monstruoso que es toda su herencia. Traemos dentro de nosotros las memorias abismales de toda la especie, la infinita serie de todos nuestros antepasados, y el teatro permite vivirlas a través de la ficción.

Pero el hombre, entumecido por el frío y la inmovilidad, que espera en un galpón de chapa un ómnibus que tal vez demore, no lleva consigo libro alguno que le permita eludir los embates de la memoria, sólo importa jugar al escondite con el sueño. Como siempre: deseando dormir, temiendo soñar.

Fija su atención en un extremo del galpón: una ventanilla enrejada delata que aquello había sido una boletería, venta de pasajes cortados de un talonario impreso en papel, pagados en efectivo, todo lo que él conoció en su juventud, clausurada como una civilización arcaica. Las agujas de un reloj están detenidas en las 11:40 h, mediodía o medianoche, a nadie ya le importa.

En algún momento se acrecienta el olor acre

que ya había percibido; no es la chapa oxidada, sino tal vez algún cuis aplastado por un camión. El viento, silbando en los intersticios de esa construcción precaria, no termina de llevárselo lejos. Ese olor le recuerda algo indefinido, algo vivido, alguna circunstancia que se ha borrado, fantasma que subsiste en ese olor sin nombre. Finalmente entiende que ese olor le pertenece. Es el olor del miedo. Con disciplina, un deportista aprende a controlar los músculos de la cara, sus expresiones. Pero nadie puede controlar la química de las glándulas que regulan el sudor.

Aquel viejo teatrero, en nada parecido al otro, al padre que pronto iba a aprender que llamaban apropiador, sin embargo le impuso respeto, un sentimiento diferente, pero apenas menos intenso que el sentido por el padre que hoy reivindica. Sus clases, cumplida la misión de sustraerlo al entorno familiar, no derivaron en ninguna incursión en el escenario. Ahora, con la distancia de tantos años, empieza a sospechar que acaso hayan vuelto a su recuerdo para confirmarle que nunca dejó de ver las diferentes situaciones que ha vivido como escenas de una obra no escrita. En esa obra debía improvisar un personaje que nunca era él, si es que él existía fuera de tantos roles sucesivos, descartables.

Tal vez cerca de esa estación desierta, golpeada por el viento, estuviera el garaje donde el otro viejo, aquel al que él aún llamaba padre, postergaba, evitaba el momento de volver a casa y encontrarse con él.

Allí los hombres comerían en silencio, la cerveza de litro pasando de mano en mano, única forma de comunicación. Cada cierto tiempo, uno de ellos saldría al aire libre, iría hasta la parrilla de carbón, llevada al borde del camino para que el humo no invadiese el garaje, y volvería, exhalando vaho en el breve contacto con el frío, trayendo otro trozo de carne, alguna achura, que los demás rodearían con un trozo de pan antes de hincarle el diente. El silencio no parecía molestar a nadie, tal vez sería alguna palabra, algún intento de conversación lo que estorbaría esa comunión muda.

El viejo sin duda esperaba que el cansancio venciera a su inesperado visitante, que al volver lo encontrase dormido y no necesitase hablar. Su llegada lo había sacudido con emociones opuestas que le costó disimular. Había olvidado, a fuerza de postergarlo y reprimirlo, el afecto que había sentido. Esa mañana se encontró frente a un hombre de unos cuarenta años. En una cara sin afeitar, con ojeras y las primeras canas, no reconoció al adolescente, compañero de excursiones, cómplice de escapadas conyugales. Y este desconocido parecía estar huyendo, prefería no preguntar de qué, él mismo había huido años atrás, cambiado de nombre, esquivado preguntas, preparado respuestas.

Todo ese pasado volvía, cuarto polvoriento donde inesperadamente habían encendido una luz, y objetos y personas y episodios reaparecían con perfiles temibles, caricaturas de lo que habían sido, de lo que él había logrado archivar. Se preguntaba cuánto tiempo duraría la visita del que lo había elegido padre, cómo podía ayudarlo a seguir su camino para recuperar, si aún era posible, la soledad, el limbo elegido, la frágil amnesia penosamente cultivada que desde esa mañana amenazaba con resquebrajarse.

De pronto el huérfano se vio con nitidez: había querido, sin atreverse a explorar los motivos, volver a su padre. No se le había ocurrido que acaso a éste no le interesase cargar con un hijo. Se sintió muy solo.

3

Días más tarde ganó cien mil pesos en el casino de Las Grutas.

Había dejado Ingeniero Jacobacci sin más despedida que unas líneas en una hoja de papel de embalaje que con un poco de suerte el viejo encontraría al volver a su casa esa noche. Un ómnibus, tal vez el mismo que lo había llevado allí, lo devolvió a San Antonio Oeste. En este viaje de regreso no le molestaba que el polvo del camino y las moscas aplastadas en numerosos viajes enturbiaran la ventanilla, ya no sentía curiosidad por las visiones fugitivas que pudiera revelar la luna llena. Lo mantenían despierto las sacudidas del vehículo cuando pasaba del asfalto a un camino de ripio.

En la luz gris, indecisa, de la mañana de invierno recorrió las calles de la ciudad, observó cómo se ponía en movimiento un débil ajetreo matutino, pocos transeúntes, formas indiferenciadas, animación humilde de talleres y unos pocos comercios. Se detuvo ante un edificio cuya arquitectura ambiciosa destacaba en medio de la chatura circundante. No vio indicio de lo que podía haber sido un siglo atrás, ahora lo ocupaba un museo ferroviario. A la entrada, un afiche anunciaba las atracciones que esperaban al visitante, testimonios de un tiempo en que el ferrocarril no presentía amenazas a su expansión: un coche comedor, un coche encomienda, un coche cine, un coche pullman, un vagón de carga, un vagón torpedo, una zorra, un furgón de usina y un vagón vivienda. Prefirió seguir su camino.

El poblado se deshacía en edificios cada vez más precarios en la proximidad de la bahía. Un grupo de jóvenes reunidos en una esquina le tendieron una hoja que denunciaba un desastre ambiental. Se enteró al leerla de que al ingreso de la localidad se había acopiado plomo proveniente de una mina, y que la empresa contratada para trasladarlo a otro paraje y proceder a su neutralización no había comenzado siquiera a construir el foso de contención. Ese plomo, aspirado junto al polvo suspendido en el aire, provocaba un daño irreversible para la salud. Observó un instante a esos jóvenes. Tenían la mirada confiada y el gesto entusiasta del defensor de causas ecológicas aún no derrotado por la mentira oficial.

Su mirada no era la que días atrás podía haber dedicado a esa población que adivinaba decidida a eludir un destino de ciudad fantasma. Ya no estaba de paso, había decidido dejar atrás el error—uno más, reconoció—que lo había llevado al otro extremo del desierto, en busca de algo parecido a una familia. Ahora buscaba el mar, lo sabía cerca. Dos días atrás, en medio de la noche, se había acercado a su orilla, había escuchado el rumor sordo que anunciaba una agitación invisible. La vecindad del mar, aun desde el interior protector de la bahía, le prometía olvidar el mal paso reciente, y más atrás todos los que estaban asociados con la gran ciudad.

Con el dinero que le quedaba se compró ropa, la menos pobre que encontró en una tienda felizmente ajena a toda veleidad de moda, y alquiló un cuarto frente al puerto. Desde la ventana podía ver los barcos pesqueros y en el horizonte otro puerto, los barcos de gran calado, promesa de algo posible que en algún momento partirían de San Antonio Este. Esa tarde tomó un taxi hacia Las Grutas.

Tiempo atrás había oído hablar del balneario, el último de aguas templadas rumbo al sur; ahora lo descubrió afeado por construcciones de cemento, por un urbanismo rudimentario. En la base de los acantilados que bordean la playa sin duda seguían estando las grutas que le dieron nombre, cavidades prehistóricas excavadas en la roca, escondite de niños, albergue de amantes, aguantadero de prófugos; pero la promesa de un paisaje incontaminado, de una costa salvaje, ahora exigía dar la espalda a una edificación grosera. Se preguntó quién podía vivir allí todo el año, hibernando en espera del turista estival. Aun la modesta urbanización de San Antonio Oeste parecía haber envejecido en contacto con los hombres que por allí pasaron, con las variables fortunas de los allí varados. La desolación de Las Grutas no parecía tener historia alguna, su cemento acaso no fuera menos provisorio que los techos de chapa arrancados por el viento proveniente del desierto, asombro del viajero que baja rumbo a Trelew y los ve cruzar ante su automóvil, buscando el mar donde han de hundirse.

El casino le pareció una versión reducida, sin grandes pretensiones, de los que en décadas recientes habían prosperado en la capital y sus alrededores; los jugadores, sin embargo, no se correspondían con los que había visto en el casino flotante de La Boca ni en Tigre, variedad social de poco diferenciados ociosos e insomnes. Aquí se lucían algunas fortunas recientes, regionales, relojes de marca muy visibles en la muñeca, rostros satisfechos de exhibir las sumas que podían dilapidar, en busca, todos, de un remedo de la animación y las luces de garitos más prestigiosos conocidos gracias a la televisión, Las Vegas, Monte Carlo; también reconoció, crispadas, impacientes, algunas aves de paso que intentaban corregir, ansiosas, sus destinos. Una música de ascensor o de aeropuerto envolvía su agitación sonámbula. El croupier, flotando en su uniforme confeccionado para un cuerpo más robusto, lo escrutó con desconfianza cuando se acercó a la mesa, y con hostilidad algo más tarde, cuando en unas pocas jugadas ganó cien mil pesos.

A la mañana siguiente fue el primer cliente que arrancó de su letargo al empleado del Banco Patagonia, sucursal San Antonio Oeste, para hacer un giro por veinte mil pesos al nombre que ahora usaba el que había sido su padre.

Volvió al casino esa noche, pero prefirió no

jugar. Se quedó en el bar estudiando caras y ropas, con mirada de asaltante o de novelista que deduce personajes en transeúntes anónimos, tratando de imaginar de dónde vienen, en qué se ocupa esa gente; le parecieron, todos, vecinos de la región. La ausencia invernal de turistas lo hizo interesarse en la excepción, una mujer que hablaba con el barman en un castellano de acento inubicable: cincuenta años largos, bien conservada, vestida y maquillada con esmero y sin afectación. Intercambiaron sonrisas.

—*How's your luck?*—Fue ella la que inició el diálogo, dando por sentado que podían entenderse en inglés.

Él le informó de que esa noche no jugaba y la invitó a un segundo trago. El contacto prosiguió con soltura, sin prisa ni vacilación. Britta, danesa, viuda reciente, sin temor al invierno patagónico ni pena por sacrificar el verano europeo, se había arriesgado a visitar parientes en una de las colonias danesas a orillas del lago Nahuel Huapi, a explorar territorio desconocido. Volvía a Buenos Aires, al avión que la llevaría de vuelta a Copenhague, haciendo etapas a lo largo de la costa atlántica. Se alojaba en el hotel anexo al casino.

Una hora más tarde, en su habitación, con más

dedicación que entusiasmo, cumplieron cada uno lo que esperaba del otro. Ella se durmió casi inmediatamente. Él se vistió y, al ver sobre la mesa de luz una cartera abierta de la que asomaban dos billetes de cien dólares, decidió que le habían sido ofrecidos con delicadeza. En el pasado, en alguna situación parecida, había necesitado recurrir a palabras, una anécdota banal, una discreta nota emotiva, para alcanzar un resultado menos generoso.

El taxi que lo llevó de vuelta a San Antonio Oeste avanzaba penosamente contra el viento. Es raro, comentó el chofer, viento aquí hay todo el año, pero agosto no es temporada de vendavales, los vientos fuertes llegan en noviembre. Pero él ya era indiferente al tiempo, al paisaje, aun a los días pasados en busca de un padre que ahora había decidido olvidar. El largo insomnio del regreso en ómnibus, las cuarenta y ocho horas junto al Atlántico habían hecho de él, se le ocurrió, un personaje de ficción, aventurero instalado frente a un puerto casi extinto, ganador en la ruleta, fugaz amante rentado de una europea. Se aferró a esta nueva identidad para cancelar todas las anteriores. No se le ocultaba lo trivial de los episodios recientes, tan lejos de sus lecturas de adolescente, de mares fosforescentes, del *Nautilus*, del capitán Nemo. Pero habían sido la única aventura a su alcance.

El chofer del taxi había sido marino, había vivido episodios menos fabulosos que los leídos por él. No desaprovechó la presencia de un pasajero venido de tierra adentro para evocarlos.

—Este viento no me gusta nada. Es de los que anuncian la enfermedad de los barcos.

La palabra *enfermedad* lo desconcertó.

—Sí, la conocen en todos los mares del mundo. —Su relato, bien rodado, enumeraba las anécdotas siguiendo un crescendo de intensidad—. No tiene explicación. A menos que se crea en el mal de ojo. Los primeros síntomas no se le escapan al marino veterano. Un cable metálico de los que sostienen el mástil estalla como la cuerda de una guitarra y le arranca un brazo a un marinero. Un grumete se abre el pulgar mientras pela papas y al día siguiente la infección se le desparrama por todo el cuerpo.

Preguntó al marino qué le hacía creer en el mal de ojo y no en una casualidad, en accidentes probables.

El hombre explicó que para que haya mal de ojo tiene que haber una serie de acontecimientos. Sólo se sabe si lo hay si a la noche o a la mañana siguiente se comprueba otro accidente. A partir de ese momento todo irá cada vez peor. La tripulación, apretando la mandíbula, sin hablar, va contando los desastres. Se declaran casos de disentería, peor aún: un oleaje más alto que otros arrebatará a un hombre, el mar se lo tragará.

—Es el momento en que el motor, que ha funcionado sin falla durante treinta años, se traba como un viejo ventilador. Uno tras otro, envueltos en una sábana cosida en los extremos, los tripulantes van siendo entregados al mar, donde no los desprecian como alimento tiburones ni pulpos. Así va quedando huérfano el barco. Con el tiempo y las mareas se desarmará, se hundirá él también a pedazos. O quedará flotando como un cascajo y, si lo cruza un barco sano y ve que no hay un alma a bordo, de ahí nacerá la leyenda del barco fantasma.

Al rato él ya no escuchaba ese inventario agorero. A pesar de los años vividos, cedió a la ilusión de poder gobernar el olvido. Exhumó, creyendo que lo hacía por última vez, palabras dichas o escuchadas que volvían regularmente a su insomnio, personajes que en algún momento habían ocupado mucho lugar en su rencor, el fiscal irónico, cómodamente instalado en su superioridad moral, en la corrección política que le garantizaba su adhesión a la defensa de unos derechos humanos, acosándolo con preguntas insidiosas cuando el viejo se borró de Buenos Aires. También la esposa de la que se había desprendido años atrás, después de que ésta le anunciase un aborto clandestino. No quiso saber los motivos de su mujer, sólo le invadió el rencor. Era él la víctima. Lo había desposeído de lo que más deseaba en la vida, la paternidad. Se sentía herido, mutilado. Ya no iba a ser padre del hijo tan deseado. A ella no volvería a verla. De los otros, esos padres biológicos cuyo nombre le comunicaron y él rechazó adoptar, no guardaba, no podía haber guardado, ninguna imagen. No quiso mirar las fotocopias borrosas de sus documentos de identidad que intentaban mostrarle unas señoras de buena voluntad. Ellas no podían entender su desapego, y se despidieron de él con una mezcla de desconcierto y hostilidad.

Con un pequeño esfuerzo, pensó, esas miserias pertenecerían a un personaje caduco. Lo declaraba difunto, se sentía capaz de expulsarlo junto con tantas otras cosas de su pasado.

El viento, por momentos un largo silbido quejumbroso, de pronto un rugido, parecía ensañarse con la carrocería despintada del automóvil. La voz del chofer parecía llegarle desde otro lugar, tal vez de un sueño: sólo falta que el barco tropiece con una banquina evitada cien veces antes o que al llegar a puerto choque con la escollera… El paisaje, monótono durante el día, revelaba algún breve perfil misterioso cuando lo iluminaban las luces de un camión que avanzaba en sentido contrario.

Aquí, pensó, el pasado no llegaría a alcanzarlo. Tal vez, con un poco de esfuerzo y otro poco de suerte, podría conjurar los miedos, hallar el modo de quedarse en ese puerto sin misterio, de no volver nunca a Buenos Aires, de no ser el que había sido.

4

—El mar no sólo es enemigo del hombre ajeno a él, también le es hostil a sus propias criaturas—el japonés hablaba sin énfasis—. Es capaz de arrojar a las ballenas más poderosas contra las rocas y abandonarlas allí, destrozadas, junto a los restos de un naufragio. —Hizo una pausa antes de añadir—: El océano es ingobernable y cubre el planeta.

El japonés observó al desconocido que lo había escuchado en silencio. No esperó un comentario. Lo había visto por primera vez el día anterior y lo reconoció inmediatamente como alguien con historia, no sólo porque un forastero que alquila un cuarto cerca del puerto no es un turista, ni un viajante de comercio, ni cualquiera de los roles asignados en la vida práctica, transparente del lugar. Él mismo había sido un desplazado, y con los años lo habían aceptado como un personaje. No se pedía mucho en San Antonio Oeste para hacer un personaje de alguien sin una razón evidente para quedarse allí.

—Piense en el canibalismo del mar, todas esas criaturas que se devoran entre sí en una guerra eterna desde el principio del mundo.

El japonés sonreía mientras describía la displicente crueldad de la naturaleza. Al desconocido que lo escuchaba se le ocurrió que la tierra firme donde es necesario sobrevivir no conoce otra realidad.

El recién llegado pidió otra vuelta de cerveza; eran las once de la mañana, demasiado temprano para abordar alcoholes más serios. Poco comunicativo, había percibido, no obstante, una afinidad posible con el japonés cuando lo había cruzado en la calle dos veces en pocas horas, le había despertado simpatía una presencia francamente extranjera, que difícilmente pasaría inadvertida en una ciudad poco visitada. El domingo siguiente lo reconoció entre los pescadores dispersos a lo largo de una playa de conchillas blancas, hombres mayores que dedicaban el día de ocio a esperar un pejerrey esquivo. Algo hay que hacer para pasar el tiempo, de vez en cuando pica alguno, comentó uno de ellos, servicial con el recién llegado, pero el pejerrey abunda a partir de octubre, para el lenguado hay que esperar hasta enero.

Ahora habían coincidido en un bar desierto antes de mediodía—al final de la tarde, como había observado el día anterior, se llenaba a la hora de cierre de las enlatadoras—y la conversación surgió con naturalidad.

El japonés había llegado al país detenido por una lancha patrullera de la Prefectura Naval y era uno de los dieciocho tripulantes del barco pesquero, bajo pabellón japonés, que había cargado dos toneladas de calamares en aguas territoriales argentinas. Fue el único que eligió no ser repatriado. Le anularon el arresto temporario y le dieron un documento que, propusieron, le permitiría trabajar en Comodoro Rivadavia, mano de obra en la petrolera estatal; pero el japonés sabía que lo suyo no era la tierra sino el mar. De Rawson a Puerto Madryn fue subiendo hasta recalar finalmente en el norte de la Patagonia, en ese puerto confinado a la pesca, ya que las naves de gran calado, visibles en la distancia, sólo pueden amarrar en las aguas profundas del otro extremo de la bahía, en San Antonio Este. Ya no navegaba, trabajaba en el acondicionamiento y embalaje de marisco para las compañías exportadoras. Tenía una mano vendada y dos días de franco.

El desconocido escuchó este resumen de veinte años vividos en el país sin sentirse obligado a revelar nada de su pasado. Hay silencios, sabía, que sellan una comunión entre personas dotadas de habla. Se le ocurrió que también él podía buscar trabajo con uno de los exportadores mencionados por el japonés, pero instintivamente rechazó cualquier plan que lo atase para el futuro. Se sentía liviano, dejaba que las circunstancias lo llevaran. El dinero ganado en el casino se iría agotando gradualmente y en algún momento de ese descenso surgiría, o buscaría, una forma de obtener algo más, pondría fin a esta entrega inerte, sonámbula, al encadenamiento de días vacíos. Confiaba en ello sin inquietarse.

Por la ventana del bar observó las huellas del viento en los troncos torcidos de unos pocos árboles, ramas desnudas volteadas hacia el mar. Todos los años, en octubre y noviembre, le dijeron, el viento redobla su ímpetu, puede arrancar de cuajo los árboles muertos. El salitre ha oxidado las construcciones de chapa, gastado el revoque y descascarado la pintura en las paredes de los edificios cercanos al mar. Más lejos, los barcos entregados al desguace lucían todos los matices rojizos de la herrumbre. La corrupción que el mar traía a sus orillas, tan distinta de la basura que había invadido Buenos Aires, no disminuía en su imaginación el esplendor sin límites ni tiempo que en los libros le había prometido la alta mar. El japonés le hablaba del mar como enemigo. Él lo sentía como una mujer peligrosa: podía exaltarlo o ahogarlo.

Días más tarde invitó al japonés al restaurante donde había probado los pulpos diminutos que, se había jactado el dueño, sólo allí se encontraban. Bebieron vino blanco y se demoraron fumando con la segunda botella; como a viejos conocidos, el dueño no los invitó a irse cuando apagó las luces y sólo dejó encendido un parpadeante tubo de neón sobre el bar. Les pidió que lo llamaran a su vivienda, en el piso superior, cuando llegase el momento de cerrar.

Tal vez llevado por la penumbra, por la hora o el llamado siempre cercano del mar, el japonés habló por primera vez de su infancia. De su infancia y de la muerte. Contó que, en su pueblo, cercano a la playa de Chiba, cuando llega el solsticio de verano se celebra la ceremonia de Obon. Los pescadores limpian la playa, la vacían de todo desecho la noche anterior para que los niños caven hoyos en la arena y allí duerman de cara al mar, atentos al amanecer. Cuando aparece el sol, los muertos salen del mar. Los niños no pueden verlos, pues para los vivos ellos son invisibles, y deben guiarlos, dejándose seguir por los fantasmas hacia los que fueron sus hogares. Durante tres días habrá música, canto, comida y bebida, la familia estará en compañía de sus muertos, aunque no puedan verlos, y todos juntos festejarán el reencuentro. Y el mar cubrirá la playa, llenará los hoyos vacíos.

¿Qué edad tendría el japonés? En ese rostro enjuto, de piel terrosa pegada a los huesos, los surcos que en otras caras delatarían la edad podían haber sido precoces. El hombre que lo escucha lo siente mayor que él, intuye que ha vivido más que él, que ha visto cosas y sobrevivido a peligros que a él le gustaría haber conocido. Y piensa en otros muertos, para él también invisibles, esos padres que no conoció y que ahora buscan endilgarle, mártires que no quiere conocer. Ya no es un niño, pero se le ocurre que los biempensantes quieren que él, como los chicos de la ceremonia contada por el japonés, conduzca los fantasmas de esos padres al que había sido su hogar perdido, del que habían sido arrancados a golpes en medio de la noche antes de ser torturados y asesinados. Pero esa historia él no la quiere para sí, que la celebren los otros, los virtuosos. Hace mucho que él ha elegido el lado de la sombra.

A los quince años el japonés se había embarcado por primera vez en un pesquero. Un amanecer vio iluminarse el cielo con una luz intensa, cegadora, y minutos más tarde oyó la explosión. Unas horas después, y durante tres horas, empezó a caer sobre la nave un polvo blanco escamoso de coral calcinado. A falta de instrumentos apropiados, los pescadores limpiaron la cubierta del barco con sus propias manos. El polvo se les pegó a la piel y al pelo. Cuando aparecieron los síntomas, los pescadores lo llamaron ceniza de la muerte. Los veintitrés tripulantes fueron internados en hospitales de Tokio. El japonés pasó allí seis meses, oyó por primera vez palabras como radiación, prueba nuclear. Su piel se desprendió como papel ajado y gradualmente apareció otra piel, manchada, con lamparones más claros. Dos de sus compañeros murieron mientras él estuvo internado. Cuando cesaron los vómitos y la diarrea, le dieron de alta. Durante meses estuvo casi ciego. Cuando lo citaron en el consulado de Estados Unidos para darle una indemnización de muchos miles de dólares, él no supo qué hacer con ella y se la entregó a su madre viuda. Había cumplido dieciséis años, esperaba recuperar plenamente la vista para poder volver a embarcarse.

Su amigo lo ha escuchado en silencio. Entiende que no tiene palabras para corresponder a las palabras del japonés. Dejan pasar un largo rato sin hablar. Salen a la calle vacía, iluminada por la luz quirúrgica de lámparas de mercurio. Otra luz, humilde, cálida, le disputa un breve espacio. Meses antes, sin duda el diciembre pasado, los comerciantes, acaso los vecinos, habían colgado luces de colores entre postes. Oscilan en el viento, agitan una tela castigada por una larga intemperie, letras despintadas que anunciaban el principio de un nuevo siglo, como si fuera promesa de alegría. Han pasado unos meses y ahora no se puede sino leer en ellas la amenaza de guerras que no estaban declaradas. Sonríen. Saben, sin comentarlo, que piensan lo mismo.

El japonés nunca había oído hablar de Cipango. Él se alegra de corresponder al relato del japonés con otro que no pretende hacerse eco a la enormidad de lo escuchado, y más si le está revelando algo sobre el país donde nació. Le explica que era el nombre de Japón cuando Colón emprendió su aventura y rozó la costa de Cuba pensando que era el reino fabuloso de Cipango.

Para el japonés el nombre de Colón está más rodeado de ignorancia que de fábula. No puede saber que en el viaje de éste convivían fantasías geográficas, mandatos de la Sagrada Escritura, leyendas históricas, una mezcla de intereses comerciales, políticos y religiosos. Su nuevo amigo le habla de la importancia que en su época tenía encontrar una nueva ruta hacia los mercados de Oriente, establecer relaciones con las Indias, el Gran Kan de la China y la isla de Cipango. Está contento de no haber olvidado informaciones sumarias, guardadas de un artículo leído en un dominical.

—Pero en Japón nunca hubo oro—objeta, desconcertado, el oyente.

—Tal vez fuese una quimera. ¿Cuántos europeos habían estado en Japón en 1492? Pero no sería la primera vez que un hombre se embarca persiguiendo un sueño.

Se da cuenta de que con su insistencia por hacer convincente la creencia de un navegante de hace quinientos años en un Cipango imaginario en realidad se está aferrando a su propio sueño infantil de un mar fosforescente que ninguna explicación científica podrá desterrar.

Finalmente calla y comparte con su oyente otro largo momento de silencio sin explicaciones. El japonés lo ha escuchado con una mezcla de incredulidad e indiferencia. Más allá del relato, en el silencio compartido, él encuentra algo de lo que buscaba en compañía del viejo, el padre elegido que poco a poco, en este puerto que mira al océano y da la espalda al desierto, empieza a alejarse de sus pensamientos.

El viento nocturno viene del mar, trae sabor a sal y el rumor de un océano lejano. El vaivén de esas luces de colores descubre un aspecto fantasmagórico, invisible de día, en los depósitos cerrados, las vías abandonadas, las matas crecidas entre los rieles. Curioso, piensa, en tantas calles de Buenos Aires sobreviven, incrustados entre los adoquines dondequiera que éstos no hayan sido arrancados para beneficio de alguna empresa de pavimentación, los rieles que alguna vez guiaron el trayecto de los tranvías. Él nunca ha visto un tranvía, desaparecieron antes de que naciera, y sin embargo, de noche, iluminados por un voluble alumbrado público, esos rieles desprenden reflejos plateados, parecen decirle—¿amenazantes?, ¿burlones?—que no se puede abolir el pasado.

Han dejado atrás la engañosa promesa de las luces de colores. El paisaje cotidiano se ha vuelto espectral en la luz de mercurio, demasiado blanca en medio de la noche cerrada. Reconocen lo que fue un cine, de día han pasado muchas veces por su frente clausurado sin prestar atención, como ahora, a los rastros de fantasía ornamental sobre la cortina metálica que cierra la entrada; a ambos lados, papeles rotos aún no despegados de la fachada, restos de afiches superpuestos a los restos de otros anteriores, necrópolis de perfiles alguna vez famosos acercándose para un beso prometido en la pantalla ya inaccesible. En la pared de un depósito de repuestos automotrices, alguien ha garabateado con pintura negra, espesa como la brea: «La única enfermedad mortal es la vida».

Ellos, únicos noctámbulos, avanzan silenciosos, callando una misma sospecha: la de ser fantasmas que nadie espera, que ninguna ceremonia convoca.

5

Encontró trabajo donde no lo esperaba: en el casino de Las Grutas, como agente de seguridad no armado, atento a la conducta de los visitantes, señoras mayores que desvían fichas ajenas en las mesas de ruleta, bebedores que intentan alejarse del bar sin haber pagado, todo un catálogo de conductas que, en dos horas escasas de instrucción, se le adiestró para que enfrentara con una mezcla inexpugnable de amabilidad y firmeza, situaciones que tal vez pudieran surgir en verano, pero que en un ventoso, despoblado agosto no tuvieron lugar.

Con un traje oscuro y una camisa blanca, prendas ajenas a sus hábitos y cuyo precio le sería descontado de futuros sueldos, recorría entre las seis de la tarde y una hora variable después de medianoche, atento pero sin curiosidad, las salas de juego. No le despertaban recuerdos los éxitos de un *hit parade* archivado, vestigio de los años ochenta, que difundían parlantes invisibles; era indiferente a la decoración barata, inspirada en alguna vetusta película de aquellos mismos años, no disimulada por una iluminación estridente. Ninguna europea madura lo distrajo en esas rondas.

Empezó a sentirse cómodo en su nueva identidad. La había ido adoptando insensiblemente desde la llegada a San Antonio Oeste, y aunque en su mente Buenos Aires e Ingeniero Jacobacci no estaban borrados, se habían alejado hasta perder urgencia y peligro. Una vez más era el espectador de su vida, como podía serlo de una serie de televisión, episodios que acatan la exigencia de renovar la trama con desarrollos imprevistos. Historietas y películas, algunos pocos libros, habían colonizado su imaginación desde la infancia, le habían trazado el mapa de una vida que la llamada real no podía sino traicionar; para defenderse de esa promesa incumplida, había aprendido a avanzar disfrazando la inseguridad con gestos agresivos, protegiéndose de las trampas con que amenaza el afecto.

Decidió no mudarse a Las Grutas y conservar su precario alojamiento en el puerto de San Antonio Oeste. Prefería subir todas las tardes al tambaleante, carraspeante colectivo de la línea costera que hacía los quince kilómetros entre vivienda y trabajo, separar con una distancia aun corta dos aspectos de su existencia.

No tenía día franco, pero algunas tardes, rumbo al casino, se le ocurría bajarse del ómnibus en mitad del trayecto, caminar sin rumbo por el campo abierto, sentir en la cara unas veces el asedio filoso del viento venido del océano, soplando sin obstáculos hacia la lejana cordillera, y otras el castigo terroso del viento llegado del desierto. Más de una vez, en la luz menguante del atardecer de invierno, le llamó la atención un brillo metálico que asomaba en la tierra en medio del pasto ralo. Le recordó el de los rieles que en las calzadas de Buenos Aires sobrevivieron a los tranvías que alguna vez guiaron. Se inclinó para observarlo. Era una cabeza de flecha. Recogió varias y las guardó, mutilados desechos de la guerra del desierto.

Cabezas de flechas indias... En el viento racheado creía reconocer ruidos de cascos, resoplos y bufidos de una caballada difunta. Imaginó otras cabezas, las de esos jinetes, cabezas de indios que iban a estar sostenidas en picas, exhibidas como advertencia y escarmiento. El degüello, había leído, no fue sólo destino de indígenas. Todos los derrotados de la historia patria, unitarios y federales, caudillos y letrados habían conocido más de un siglo atrás el mismo destino, según las fortunas pendulares de esas guerras civiles largos años engañosamente dormidas, siempre a la espera de volver al ataque, con nuevos actores y consignas apenas distintas. Advertencia y escarmiento. En la plaza central de poblados, aun de esa capital que alguna vez llamaron gran aldea, herencia de héroes y víctimas, sus nombres comparten un destino de placas en alguna esquina. El lejano escarnio para un apellido termina generaciones más tarde vindicado por una placa, a la vuelta del homenaje a un héroe de batallas y expediciones. Siempre, hasta llegar a los nombres de fusilados, de desaparecidos.

Tarde esa noche, en el casino, en una pausa de la vigilancia ya sin objeto, dispuso en fila sobre el bar las cabezas de flechas que había guardado. Las observó, comparó diferencias de tamaño y desgaste, melladas algunas, la punta roma varias. Jugó a ordenarlas como una tropa en vísperas del ataque. El campamento de un ejército derrotado. El barman, un belga entrado en años y escepticismo, recalado quién sabe cuándo en la Patagonia, respetó un momento su silencio antes de comentar:

—No las pierda. Son auténticas. Seguro que conservan algún poder, no me pregunte si de protección o venganza, no sé. Pero son auténticas. En mi tierra, alrededor del descampado donde pelearon la batalla de Waterloo, abrieron quioscos para turistas, a los que les ofrecen balas francesas, inglesas, prusianas como recuerdo. «Auténticas, recogidas en el campo de batalla...». No me haga reír. Plomo fundido el mes pasado en alguna forja de Bruselas. Éstas son de veras.

Sonrió ante la anécdota. Alerta a pesar de sus años, el barman espiaba el momento de eludir el paso del inspector para servirse, con gestos rápidos, precisos, un vaso del mejor whisky. Su interlocutor tenía una noción muy vaga de Bélgica, y le habían contado que el barman no iba a poder volver, por cuentas pendientes de la Segunda Guerra Mundial, una condena en ausencia, prescripción de la causa, reabierta hace poco, ilusión de justicia retrospectiva por parte de historiadores jóvenes. «No es el único—le habían dicho bajando la voz—, muchos europeos terminaron encallando por aquí, nombres cambiados, no les sacás ni una palabra sobre el pasado».

No podía ocurrírsele qué deudas podían acechar al belga. La Segunda Guerra Mundial había terminado antes de su nacimiento y si alguna idea tenía de su épica y sus atrocidades la debía al cine estadounidense, copias gastadas, rayadas, heredadas por la televisión en blanco y negro de su infancia. Intuía sin demasiada curiosidad que debía ser algo más serio que alguna cuestión de dinero, nada tan banal como haberse «mandado una cagada». El destierro, pensó, es algo noble. Debía haberlo exigido alguna traición, alguna complicidad no negociable entre las lealtades volubles de vencedores y vencidos. Algún crimen imperdonable. Como el de su padre apropiador, se le ocurrió de pronto. Sintió una solidaridad espontánea, sin fundamento, con ese anciano, un derrotado que también huía, quién sabe de qué fantasmas que él no podía imaginar.

La amistad del japonés se convirtió muy pronto en el ancla de su nueva existencia. Empezó a invitarlo a tomar un trago en el bar del casino. La visita le permitía conversar en las pausas del trabajo con un interlocutor menos básico que su único colega. El japonés le entregaba recortes de su vida marítima, y él los recibía como capítulos de una novela. Así se enteró de que había estado en Múrmansk. Él nunca había oído ese nombre, tampoco el del mar de Barents. El japonés le describió esa ciudad rusa, puerto al norte del círculo polar ártico, la más septentrional de Europa. Cuando le preguntó si barcos pesqueros japoneses se arriesgaban tan lejos, el japonés se rio y movió las manos en un gesto que podía querer decir cualquier cosa, o nada.

—Si llegan al Atlántico sur, por qué no al Ártico…

En Múrmansk el invierno es largo, durante meses no alivia la oscuridad, apenas cede a una débil claridad pocas horas del día. Al japonés le divertía recordar esas penurias. Contó una humorada local: en una novela policial cuya intriga ocurre en Múrmansk, el comisario que interroga al sospechoso le pregunta qué hizo la noche del 3 de diciembre al 11 de enero.

—Ciudad brava, Múrmansk. Llegaron chinos hace cien años, mucho juego, mucho contrabando.

Para hablar de Múrmansk el japonés no se hacía rogar. Su pasado era territorio que la conversación develaba por atisbos, sin parecer buscarlo. Antes de su arresto por la Prefectura Naval argentina, después de esa infancia de ritos celebrados en una playa de su pueblo natal, el amigo no dudaba de que palpitaba una novela, más allá de haber sobrevivido, vaya a saber con qué mutilaciones, a una radiación nuclear en su adolescencia. Esa novela la iba a descubrir gradualmente. El japonés sólo mencionó que la luz cegadora lo había alcanzado navegando en las inmediaciones de un atolón, antes de oír la detonación distante. Buscó en internet: en el atolón Bikini una prueba nuclear fue realizada en 1954. El japonés recordaba ese primer viaje en un pesquero a los dieciséis años... Andaría hoy pasados los ochenta, no lejos de la edad de su padre, el padre buscado y abandonado en el otro extremo del desierto, lejos del mar.

De esa novela, y del papel que Múrmansk había tenido en ella, tendría conocimiento semanas más tarde, cuando se presentó en el casino poco antes de la medianoche y pidió hablar con él un desconocido, un individuo que parecía incómodo y, como tanta gente insegura de su posición ante la ley, se expresaba mediante un vocabulario administrativo. Era el dueño de un sauna, registrado como salón de masajes y spa, frecuentado—se enteró en ese momento—por el japonés. Su amigo había sufrido un paro cardíaco; en su ropa encontraron, garabateado en un papel, un único nombre que supusieron el de la persona a quien llamar en caso de accidente, y dos direcciones, una en San Antonio Oeste y otra el casino de Las Grutas.

Su primera reacción fue algo parecido a una conmoción, al enterarse de la confianza depositada en él, única persona cuyas señas había guardado un conocido reciente, que sin embargo había llegado a sentir más cercano que casi todos los de ese pasado que buscaba dejar atrás. Luego, una pena débil, difusa. Hacía mucho que había aceptado el acecho constante de la muerte, y recibía cada comprobación sin miedo, con cierta oscura aceptación del destino compartido.

El cuerpo había sido trasladado a un compartimento desocupado. A nadie se le había ocurrido prever el rigor mortis y atar un pañuelo para sostener la mandíbula: la boca había quedado entreabierta tal vez en busca de aire, acaso sonriendo. Parecía más joven que en vida, unos pocos años más que él. Se quedó mirándolo. Había visto mucho en su vida, pero éste era el primer muerto.

Del otro lado del tabique el comercio habitual no se había interrumpido: llegaban jadeos y alguna palabra obscena que buscaba encender el gozo. El dueño del establecimiento le explicó que de él sólo esperaban que reconociese la identidad del difunto; ya se había comunicado con el comisario de turno, tenía la promesa de que evitarían problemas para el establecimiento, la ambulancia del hospital local debía llegar en cualquier momento.

En otro compartimento encontró a la chica a quien el japonés había dedicado su último aliento. Le dio la impresión de que se trataba de una adolescente precozmente envejecida, de mejillas hundidas, pelo descolorido, sin vida, que alguna vez había sido rubio. Estaba sentada en el borde de la camilla de servicio, la mirada perdida más allá del tabique que tenía ante los ojos, tal vez sumida en su memoria. Se había cubierto con una bata entreabierta que no ocultaba la cicatriz larga, rugosa, que le surcaba el pecho; él no pudo evitar preguntarse si al tacto esa costra oscura sería áspera en medio de una piel que adivinaba suave. Intercambiaron en silencio una mirada larga.

El dueño iba a confiarle una parte de su historia: la chica era rusa, el japonés la había traído e instalado allí como en una pensión, pagaba alojamiento y comida con una condición: que quedase reservada para él. Se había asegurado de que esta última exigencia fuese respetada declarando, por toda explicación, que la chica y él estaban «enfermos», que para no tener problemas con los inspectores de sanidad convenía que ningún otro cliente la tocase.

—¿Qué va a ser de ella ahora? Habla muy mal castellano...—Esperó un momento antes de añadir—: Hace un año una de las chicas que trabajaba aquí se dejó tentar por un sueco que le prometió actuar en una película. Como filmaban en una isla del Tigre, la pobre debió pensar que se trataba de un porno más, pero resultó ser lo que los yanquis llaman una *snuff movie*. La degollaron en mitad del coito, el cuerpo lo tiraron a un canal, flotó llevado por la corriente hasta que lo pescaron días más tarde. Apenas pudieron identificarlo. Imagínese...

Volvió a mirar a la muchacha ahora con una curiosidad distinta. La vio como una huérfana. Obedeciendo a un impulso, le pidió al dueño que la guardase un tiempo, él pagaría como el japonés lo necesario para su mantenimiento. Con una diferencia: no la tocaría.

6

Días más tarde debió decidir si la dejaba recluida en uno de los cubículos del sauna o si la llevaba con él a San Antonio Oeste.

No se le ocultaban las complicaciones que traería este segundo plan, pero una oscura lealtad hacia el japonés se le imponía, más fuerte que toda sensatez. Se sentía heredero de un mandato tácito, él que no tenía hijos y a quien le habían negado quedarse con el único que había hecho, reconocía y aceptaba un imprevisto sentimiento paternal hacia esa criatura frágil, inerme, que expresaba su gratitud con palabras incorrectas en un acento difícil de penetrar. De distinto modo, pero eran huérfanos los dos.

Entendió que se llamaba Aniushka. La instaló en el cuarto que alquilaba frente al puerto. Transformó en cama, cubriéndolo con mantas y almohadones, un diván desvencijado. Aniushka estaba demasiado débil como para desafiar dos pisos de escaleras y a él no le molestó prepararle la taza de leche y los cereales con fruta aconsejados por el médico al que la había confiado el japonés. Había recetado, sin mucha confianza, medicamentos sin duda eficaces de haber atacado la enfermedad en un estado anterior.

Fue ese médico, más que las palabras poco frecuentes, imprecisas, de Aniushka, quien le permitió completar una historia de la que el dueño del sauna sólo había podido trasmitir un episodio tardío. Durante una escala en Múrmansk, el japonés la había rescatado de un bar de hotel donde ejercía como lo que el establecimiento denominaba *welcome girl*, la había embarcado como polizón en su pesquero, le había comprado documentos de verosimilitud discutible, aceptados por una inspección sumaria en el puerto de Comodoro Rivadavia.

Múrmansk, el japonés había contado, se había convertido en una base de emigración ilegal desde el fin de la Unión Soviética, mucha gente sin documentos válidos ni visa intentaba cruzar la estrecha franja de frontera con Noruega en los pocos meses en que el hielo desbloquea los pasos. El tráfico marítimo, por otra parte, nunca había sido el único en prosperar en ese puerto extremo del Ártico, las drogas y el mercado de divisas habían creado, en los intersticios de la administración soviética, una animación comparable con la «quimera del oro» en el Oeste norteamericano un siglo atrás. La ciudad más septentrional de Rusia, con las temperaturas más severas, ahora también ocupaba en las estadísticas otro primer lugar: contaba con la más alta proporción de portadores de sida.

Estas informaciones resonaban en su mente cada vez que contemplaba dormir a Aniushka. Ese cuerpo gastado por la enfermedad le había parecido el de una adolescente cuando la vio por primera vez, envuelta en una bata, sentada en el borde de una camilla del sauna; ahora no podía ignorar los pechos flácidos, vacíos, ni los huesos apenas cubiertos por la piel ajada de brazos y hombros, como tampoco algunas manchas, lunares irregulares a los que el médico había dado un nombre. Y, sin embargo, esta imagen que excluía la posibilidad del deseo alimentaba la ternura, despertaba el afán protector. ¿Qué había esperado esa criatura al dejarse llevar a otro extremo del mundo por un hombre con quien no podía comunicarse? Acaso no había esperado nada, sólo se había entregado a una nueva peripecia de una vida que no había conocido más que entregas sucesivas, destinos desconocidos.

¿De dónde venía Aniushka?, se preguntaba. Múrmansk podía haber sido una etapa más en una huida comenzada en cualquier otro lugar de Rusia, una huida tal vez no demasiado diferente de la suya, proyecto equivocado, dudas, cambio de dirección en mitad del trayecto. Volvieron a su memoria palabras del viejo teatrero, divagaciones nocturnas una vez terminada la clase. Estimulado por la petaca que creía disimulada en su abrigo y consultaba de espaldas a sus oyentes, repetía que todo ser humano es la parte visible de un iceberg monstruoso. Ese iceberg es toda su herencia. Traemos dentro de nosotros las memorias abismales de toda la especie, la infinita serie de todos nuestros antepasados, una cantidad de vidas impenetrables que no se han vivido. Hacía una pausa antes de clavar la mirada en la estudiante, no siempre la misma, que sentía más sensible a su divagación. El teatro, murmuraba para ella, como si no hubiese otros oyentes a su alrededor, tal vez porque la elegida le parecía la única persona que merecía sus palabras, el teatro brinda la posibilidad de vivir todas esas vidas a través de la ficción. El teatro es vida, vida sublimada, el misterio de la vida más allá del tiempo. Recordaba estas palabras que creía olvidadas mientras observaba dormir a Aniushka.

Una rutina no tardó en instalarse. Preparaba el desayuno, la comida que Aniushka apenas probaba y que él dejaba a un lado del improvisado lecho. Antes de partir hacia el casino, con ella ya dormida a mitad de la tarde, cuidaba que estuviese abrigada, bien cerrada la ventana contra la que golpeaba el viento. Aprendió a prescindir de reflejos de pudor para ayudarla en los días en que la notaba demasiado débil para ocuparse de su higiene. Ella aceptaba mansamente, con una débil sonrisa en los ojos, esos cuidados. Algunas noches la tomó en brazos, dormida, envuelta en una manta, y la llevó a su cama. Allí la miraba dormir a su lado, hasta que el sueño lo alcanzaba. En esos momentos recuperaba algo que le había sido negado. Esa criatura despertaba en él un instinto paternal. Ella dependía de él. Quería cuidarla, abrigarla. La sabía condenada. El tiempo de vida que le quedaba a ella era el del personaje de padre prestado que él descubría.

Su sueño se mantenía inmune a los episodios vividos en las semanas recientes. Tampoco lo visitaban aquellos personajes más distantes que no habían agotado una capacidad de despertar su rencor no apagado, ni la exmujer que le negó el hijo deseado, ni el fiscal ensoberbecido por su propia buena conciencia. Algún prodigio inexplicable, higiene o caridad, le devolvía en cambio momentos confusos de su juventud y en ellos purgaba la palabra soez, el gesto mezquino con que había herido a personas que lo querían. Revisitaba no su pasado, sino un tiempo imaginario, dócil a su deseo, y en él podía corregir las huellas de su conducta. Aunque había olvidado algunas nociones elementales del catecismo aprendido en su infancia, algo sobrenadó al olvido, acaso la idea de que la protección de Aniushka era una buena acción y estaba siendo recompensada por esos sueños benévolos. La breve serenidad que le regalaban se borraba apenas despierto, irrecuperable como arena entre los dedos.

Había un televisor en el cuarto, un pequeño, arcaico, maltrecho televisor que al dueño no le había interesado recuperar cuando trató con un hombre de paso que le inspiraba más curiosidad que desconfianza. Y a ese inquilino nunca le interesó encenderlo, sabía que ese vehículo introduciría en su nueva vida recortes, residuos de una actualidad ajena, lejana, todo lo que había intentado cancelar.

Pero su vida cotidiana había cambiado, dejaba sola largas tardes a Aniushka, y ese vínculo con un mundo exterior que prefería ignorar, se le ocurrió, podría distraerla en los pocos momentos en que no dormía. Lo encendió. Detrás de una lluvia de colores inestables empezaron a surgir, borrosas, caras de vedettes, de asesinos, de políticos, de desesperados que clamaban por alguna injusticia olvidada. Buscó un canal dedicado a la naturaleza, a la vida animal. Encontró jirafas corriendo por una sabana en Rodesia, tortugas centenarias acoplándose en aguas tropicales. Cortó el sonido para que el comentario no molestase a las imágenes. Con cuidado de no desenchufarlo, lo acercó al diván donde Aniushka abría de vez en cuando los ojos, y permanecía en un sopor sereno una hora o dos. Comprobó satisfecho que una sonrisa se insinuaba en su boca reseca: en la pantalla, una familia de leones adoptaba a un chimpancé huérfano.

Una madrugada, al volver del casino, la oyó cantar.

Estaba despierta, los ojos muy abiertos, la voz como siempre débil pero inesperadamente clara. Se acercó hasta sentarse en el borde del lecho y ella le tomó la mano sin interrumpir el canto.

Qué cantaba nunca lo sabría, palabras en ruso para él incomprensibles.

También aceptó que nunca llegaría a conocer el pasado de la muchacha, el más remoto, el anterior ¿a los meses?, ¿los años?, en Múrmansk. De esa lejanía llegaban, guardadas en una memoria que rehusaba el desgaste del cuerpo, las palabras, la melodía que escuchaba. Renunció sin esfuerzo a toda curiosidad, prefirió que ese pasado, esa distancia, esas palabras fueran propiedad inalienable de Aniushka.

Había visto una película del género apocalíptico, predicciones de un futuro aciago, en este caso una ciudad sin día, noche perpetua de lluvia y humo, suciedad y gigantescos neones reflejados en charcos ubicuos. Mezclados con los sobrevivientes de una humanidad decaída, se agitaban réplicas indistinguibles de seres vivos, programadas para una vida corta, alimentada su memoria ficticia por una comprobable base de datos.

A menudo, en alguna de esas medianoches o madrugadas en que vuelve al lado de una Aniushka menguante, él se pregunta si no serían ellos mismos réplicas de seres desconocidos, su pasado una trama de nostalgias y despecho inoculada por un poder inubicable, su edad una mera ilusión de tiempo vivido sin duración real. ¿Habrán visto realmente ella la ciudad oscura del círculo polar ártico, él el desierto patagónico? ¿O serían esas visiones nada más que imágenes virtuales, las que les habían sido destinadas, espejismos que se apagarían como la proyección en la pantalla de un cine cuando el film termina? Todos esos momentos que creían haber vivido ¿se perderán en el tiempo «como lágrimas en la lluvia»?

Un día, ya llegada la primavera, ella le pidió que la llevase a la playa. La había entrevisto desde lo alto del acantilado, en Las Grutas, pero nunca se había animado a bajar hasta la orilla del mar. Él no se atrevió a decirle que en su estado no podría resistir al viento frío que en casi toda época del año castiga la costa. Por toda respuesta asintió. Al día siguiente partieron en un taxi. Cubierta con varias prendas de lana y envuelta en una manta, él la llevó en brazos, la depositó cuidadosamente en el asiento trasero.

Una expresión que no le conocía la iluminó cuando estuvo frente al mar. Sentados en la arena, la abrazó para protegerla del viento, para trasmitirle un poco de calor. Ella, sin una palabra, apoyó la cabeza en su hombro. De las grutas les llegaba un olor acre, a putrefacción de gaviotas muertas, a peces arrojados hasta allí por la marea crecida del invierno. Él dejó pasar el tiempo sin contar los minutos, que muy pronto se hicieron una hora, hasta que la sintió dormida.

En ese momento se le ocurrió que podía quebrar fácilmente esos huesos débiles, interrumpir una respiración casi inaudible haciendo más fuerte el abrazo, besando a Aniushka hasta que la boca siempre entreabierta ya no pudiese recibir más aire. Podía abreviar una agonía que temía interminable. Por primera vez se vio ya no vapuleado por circunstancias no buscadas, sino capaz de decidir no sólo sobre la vida de alguien. Capaz de elegir convertirse en asesino, de elegir un destino propio.

Pasaron por su pensamiento imágenes sin orden, atropelladas, de lo que había sido su huida, una huida que había empezado mucho antes del acoso de los biempensantes, del encuentro con el padre elegido que ya no era el recordado, de su refugio sin futuro en un puerto y un casino que muy pronto habían agotado sus promesas. Ahora podía detener esa huida. Aceptó que ningún futuro a su alcance lo retenía en una existencia sin luz. Nunca vería en medio de la noche el mar fosforescente con que había soñado.

Ante sus ojos se descargaba regularmente un oleaje hosco, color acero. Un rumor lejano fue acercándose, convirtiéndose en el ominoso aleteo de cientos, acaso miles de aves que se arremolinaban buscando un sitio donde posarse. ¿Serían los chorlos playeros de los que le había hablado el japonés? En su vuelo anual desde Tierra del Fuego hasta el Polo Norte, descienden a los alrededores de la bahía, atacan los humedales ricos en lombrices y cangrejos, alimento y combustible que les permitirá proseguir más allá del ecuador, hacia otro extremo del mundo, al desamparo ártico donde harán sus nidos.

Con delicadeza, sin despertarla, entreabrió las capas de ropa que abrigaban a Aniushka hasta llegar a su sexo. Tuvo que masturbarse para lograr la erección y cuando la penetró, y ella suspiró roncamente sin abrir los ojos, tuvo la impresión de que exhalaba un último aliento. Cerró también él los ojos. Se preguntó por el tiempo necesario para estar contagiado, para empezar ya no otra huida, sino una lenta despedida.

7

El hotel Camargo cerró definitivamente durante la pandemia.

Lejos había quedado la «pensión familiar», calle Camargo número 500, Villa Crespo, Buenos Aires, que había prosperado en tiempos menos turbulentos. «Familiar»: albergue de alguna familia indigente, cuatro personas en una habitación, «prohibido cocinar en los cuartos», calentador de alcohol prudentemente ubicado en el alfeizar de la ventana abierta para dispersar el olor que delatase la infracción. Pero sobre todo paradero de aves solitarias: el soltero maduro que dormía hasta principios de la tarde y temprano de mañana volvía acicalado de alguna milonga, tal vez con suerte de alguna transacción sentimental; la vendedora de una tienda que desde su provincia lejana había soñado con el espejismo de la moda, esperando la invitación cada vez menos probable del hombre bien vestido que la rescatase, aun brevemente, de una cotidianeidad deslucida. Personajes, todos, de una novelería extinta, criaturas de un Buenos Aires conservador, sobreviviente en unas pocas existencias oscuras, desayuno en lechería, viaje en tranvía.

Años más tarde, sin renunciar al ubicuo olor a pis de gato, a la pintura descascarada de los cielorrasos, a las sábanas remendadas, el Camargo se animó a llamarse hotel, a prescindir de inquilinos permanentes. Se había resignado, no sin dificultad, a tiempos de cimbronazo social. Una población transeúnte ocupaba ahora las habitaciones: migrantes de las provincias norteñas, morochos de tez curtida y conversación parca. Esperaban un conchabo que no tardaba en llegar. Apenas idos, otros los reemplazaban.

El siglo XXI trajo desocupación, miseria. El hotel cerró provisoriamente en espera de un momento de estabilidad que no llegó a conocer. La pandemia le asestó el golpe final. Una compañía inmobiliaria adquirió el edificio a un precio irrisorio: especulaba con un futuro que permitiese su reconversión en *hotel boutique*. En sus penúltimos días de existencia, el viejo Camargo anunció el cierre a los últimos pasajeros. Un desánimo silencioso cundió ante la noticia, ninguno de ellos sabía adónde ir. Algunos partieron sin aviso. Otros dejaron modestas pertenencias a modo de pago. La mucama, mujer de edad incierta, ineficaz, tolerada por aceptar como retribución un camastro detrás de la recepción, ducha y retrete en un rincón de la cocina, partió con la valija abandonada por un pasajero sin nombre. Guardaba un recuerdo borroso de ese hombre hosco, idas y vueltas sin horario fijo, no se detenía a conversar en el trato poco frecuente. Sólo lo identificaba el número 26, el de la habitación que había abandonado, escrito con tiza en el cuero agrietado.

Semanas más tarde, noches clandestinas de dormir sentada en un banco de iglesia, descubrió un fajo de billetes olvidado en el forro de la valija. Gracias a ese hallazgo, la aceptaron las monjas de una residencia para ancianos de la Congregación Marista. Medio por curiosidad, medio por ocio, una noche vació sobre la cama el contenido de la valija. No esperaba descubrir más billetes, esperaba recuperar para su uso personal alguna camisa, tal vez un pulóver.

Una vez separadas las prendas elegidas, ojeó los pocos documentos abandonados, una libreta de enrolamiento, una partida de nacimiento, una licencia de conducir caducada, un viejo carnet del club de regatas de Tigre, un libro. Las fotografías de carnet parecían, todas, pertenecer a personas distintas, más bien permitían comprobar cómo el paso del tiempo había ido marcando en un rostro rasgos de carácter: el chico, entusiasta aspirante a navegar, ya aparecía envarado pocos años más tarde, joven destinado al servicio militar obligatorio; más tarde aún, adulto de mirada desafiante en una fotografía rota, se diría que con saña, para extirpar la imagen de la persona que lo acompañaba. Tenía cincuenta años en el momento de su paso por el Camargo, comprobó.

Estudió unas páginas arrugadas, le pareció reconocer una escritura de mujer, de trazo crispado que no llegó a descifrar. Asomando entre las páginas de la libreta de enrolamiento, el recorte de un diario registraba la condena a un suboficial de policía, activo durante la dictadura en un centro de detención clandestino. El libro, muy baqueteado, prometía aventuras, un viaje submarino.

La valija, aunque gastada, podía serle útil. Revisó una vez más las prendas que había desechado, no rescató ninguna y las depositó en el pasillo a cierta distancia de su puerta, ofrecidas al anónimo necesitado. Una bolsa de supermercado bastó para documentos, libro y demás papelerío. A la mañana siguiente la echaría en un recipiente de residuos.

ESTA EDICIÓN, PRIMERA, DE
«PRÓFUGOS», DE EDGARDO COZARINSKY,
SE TERMINÓ DE IMPRIMIR EN
CAPELLADES EN EL MES
DE SEPTIEMBRE
DEL AÑO
2025

Colección Cuadernos del Acantilado
Últimos títulos

71. PLUTARCO *Vidas de Alejandro y César*
72. PASCAL BRUCKNER *El vértigo de Babel. Cosmopolitismo o globalización*
73. JUAN ANTONIO MASOLIVER RÓDENAS *La inocencia lesionada*
74. LEV TOLSTÓI *Después del baile* (2 ediciones)
75. RAFAEL ARGULLOL *Tratado erótico-teológico. Un relato*
76. *Así era Lev Tolstói (I)*
77. ADAM ZAGAJEWSKI *Releer a Rilke* (2 ediciones)
78. EUGENIO TRÍAS *Thomas Mann*
79. RAMÓN ANDRÉS *Claudio Monteverdi. «Lamento della Ninfa»*
80. SHAFTESBURY *Carta sobre el entusiasmo & «Sensus communis». Ensayo sobre la libertad de ingenio y el humor*
81. MARIO SATZ *Pequeños paraísos. El espíritu de los jardines* (6 ediciones)
82. JOSEPH ROTH *Fresas*
83. *Así era Lev Tolstói (II)*
84. GIACOMO LEOPARDI *Recuerdos del primer amor*
85. STEFAN ZWEIG *Miedo* (11 ediciones)
86. NATALIA GINZBURG *Me casé por alegría* (2 ediciones)
87. ÉTIENNE BARILIER *El vértigo de la fuerza*
88. SIMON LEYS *La muerte de Napoleón*

89. GUIDO CERONETTI *Los pensamientos del té*
90. LEV TOLSTÓI *La historia de un caballo* (2 ediciones)
91. FRANZ KAFKA *«La condena» y «El fogonero»*
92. FRANCK MAUBERT *El hombre que camina* (2 ediciones)
93. RAFAEL ARGULLOL *El enigma de Lea. Cuento mítico para una ópera*
94. STEFAN ZWEIG *Américo Vespucio. Relato de un error histórico* (6 ediciones)
95. MARIO SATZ *El alfabeto alado* (2 ediciones)
96. FRANZ KAFKA *En la colonia penitenciaria* (2 ediciones)
97. NATHALIE LÉGER *La exposición*
98. MAX BEERBOHM *Enoch Soames*
99. A. G. PORTA *Me llamo Vila-Matas, como todo el mundo*
100. BOECIO *Consuelo de la filosofía* (5 ediciones)
101. STEFAN ZWEIG *Una boda en Lyon. Y otros relatos* (3 ediciones)
102. ERASMO DE RÓTERDAM *Lamento de la paz*
103. PETER STAMM *Marcia de Vermont. Cuento de invierno*
104. W. H. AUDEN *Elogio de la piedra caliza*
105. MARINA TSVIETÁIEVA *Mi padre y su museo* (2 ediciones)
106. LEV TOLSTÓI *La mañana de un terrateniente*
107. MARIO SATZ *Bibliotecas imaginarias* (2 ediciones)
108. TAMARA DJERMANOVIC *El universo de Dostoievski* (2 ediciones)
109. *Así era Lev Tolstói (III). Tolstói y la música*
110. RAFAEL MONEO *Sobre Ronchamp*
111. A. G. PORTA *Persecución y asesinato del rey de los ratones representada por el coro de las cloacas bajo la dirección de un escritor fracasado*

112. FRANCESCO PETRARCA *Remedios para la vida* (3 ediciones)

113. ARTHUR SCHOPENHAUER *El arte de tener razón. Expuesto en 38 estratagemas* (4 ediciones)

114. JEAN-PHILIPPE POSTEL *El affaire Arnolfini. Investigación sobre un cuadro de Van Eyck* (6 ediciones)

115. NUCCIO ORDINE *George Steiner, el huésped incómodo. Entrevista póstuma y otras conversaciones*

116. YANNIS RITSOS *Sueño de un mediodía de verano*

117. STEFAN ZWEIG *Verlaine*

118. NATALIA GINZBURG *Valentino* (2 ediciones)

119. LEV TOLSTÓI *«Lucerna» y «Albert»* (2 ediciones)

120. MARÍA NEGRONI *La idea natural* (3 ediciones)

121. STEFAN ZWEIG *«Obligación impuesta» y «Wondrak»* (2 ediciones)

122. MARIO SATZ *El rostro y sus máscaras. Variaciones y constancias*

123. FRANZ KAFKA *Un médico rural. Pequeños relatos* (2 ediciones)

124. JOSEPH ROTH *La leyenda del santo bebedor*

125. ARISTÓTELES *Sobre la amistad. Libros* VIII-IX *de «Ética a Nicómaco»*

126. GIOVANNI BOCCACCIO *Breve elogio de Dante*

127. MARINA TSVIETÁIEVA *El diablo*

128. RAFAEL ARGULLOL *El «Quattrocento». Arte y cultura del Renacimiento italiano*

129. HEINRICH VON KLEIST *Sobre el teatro de marionetas y otros textos acerca de la representación*